D1641611

Milou

Texte : Michael Farr

Conception et réalisation : éditions Moulinsart

éditions moulinsart
www.tintin.com

© Hergé/Moulinsart 2006

ISBN 978-2-298-00098-6

Dépôt légal : 1er semestre 2006
Imprimé en Belgique

Éditions de Noyelles
123, boulevard de Grenelle, Paris
www.franceloisirs.com

Édition exclusivement réservée aux adhérents du Club
avec l'autorisation des Éditions Moulinsart

Droits de reproduction, traduction et adaptation réservés pour tous pays.
Toute reproduction, même partielle, de cet ouvrage est interdite.
Reproduction, translation and adaptation rights reserved for all countries.
Any reproduction even partly of this work is forbidden.

Le fox-terrier Milou n'est pas un chien
comme les autres. Certes, il se déplace
à quatre pattes et aboie autant que ses congénères,
mais ici s'arrête peut-être la comparaison.
Il suffit de parcourir une seule des aventures
de Tintin pour en être intimement convaincu.
Ce fidèle compagnon de la toute première heure
participe activement au récit et le ponctue
d'ailleurs de divers commentaires en langage
humain qui ne laissent planer aucun doute
sur sa double personnalité.
Un chien capable de parler comme un homme,
capable du meilleur comme du pire
et qui reprend à son actif les parts d'ombre
et de lumière de ses grands frères évolués.
Milou, mi-ange mi-démon, multiplie les délits
d'humanité caractérisée, alternant les pages
glorieuses et les moments d'égarement
les plus coupables, tels ces curieux penchants
pour les alcools raffinés. L'arrivée du capitaine
Haddock le réduit à plus d'intériorité ;
qu'à cela ne tienne, le brave toutou n'en sera pas
moins présent et sauvera à de multiples reprises
son cher Tintin d'une mort certaine.
Milou ou la «voie» de son maître, on craque
devant tant de bravoure, et l'on se dit
que décidément le chien est vraiment
le meilleur ami de l'homme.

Dominique Maricq
Archiviste

Courageux et peureux, fanfaron et modeste,
il est l'ami fidèle de Tintin.

Milou

Case extraite de *Tintin au pays des Soviets*.
Première apparition de Milou.

MILOU EST PLUS QU'UN SIMPLE CHIEN DE COMPAGNIE : il est le compagnon fidèle et intelligent de Tintin. Il parcourt les continents avec son reporter-aventurier de maître, lui sauvant la vie à plusieurs reprises. Héros canin, il est capable d'initiative, qu'il s'agisse d'attaquer à mains nues, ou plus exactement à pattes nues, un lion dans la brousse africaine ou de neutraliser des explosifs en levant la patte sur une mèche allumée. Muni d'une combinaison spatiale sur mesure, il fut et demeure le premier chien à avoir marché sur la Lune.

Fox-terrier à poil lisse

Fox-terrier à poil dur

Irish-Terrier

Airedale

LA CRÉATION

Lorsque le 10 janvier 1929, Tintin part pour l'Union soviétique dans les pages du *Petit Vingtième*, le supplément hebdomadaire pour la jeunesse du *Vingtième Siècle*, Milou est là, à ses côtés. Il y restera jusqu'à la fin, jusqu'à la disparition d'Hergé en mars 1983. Tout au long des vingt-quatre albums, le reporter et son chien seront inséparables. Ils se tireront des situations les plus difficiles, les plus hasardeuses, voire franchement désespérées. Comme compagnon pour son héros, Hergé choisit un fox-terrier, d'un blanc immaculé inhabituel. En 1929 et au début des années 1930, ce chien était très en vogue. On appréciait à l'époque, comme encore aujourd'hui, son courage, son caractère déterminé et son intelligence, toutes qualités que possède Milou, à côté du charme particulier de sa démarche presque mécanique. Qui plus est, son flair quasi infaillible le désignait comme compagnon idéal du jeune reporter.

Hergé n'avait pas de fox-terrier mais ne manquait pas
l'occasion de se documenter!

Page de gauche:
Il n'existe guère de fox-terrier
blanc. Hergé s'est inspiré
de différents chiens terriers
pour modeler Milou.
Illustrations extraites
de la documentation d'Hergé.

Ci-contre à droite:
Milou se détache
de ses origines pour devenir
unique et très expressif.

LES SOURCES D'INSPIRATION

Il n'y avait pas de fox-terrier dans la famille d'Hergé. Cela dit, le patron du café-restaurant où déjeunaient les journalistes du *Vingtième Siècle* était propriétaire d'un fox-terrier.

On l'emprunta pour jouer le rôle de Milou lors de la réception grandiose organisée pour Tintin à la gare du Nord à Bruxelles, à son retour du pays des Soviets. Ce fut un remar-quable coup de publicité. On trouva un jeune homme ressemblant à Tintin et on l'habilla d'un costume russe. Le reporter et son chien remportèrent un tel succès, la foule était si considérable, qu'on récidiva, en plus sur-prenant encore, quand il rentra du Congo au terme de sa deuxième aventure: des porteurs africains menèrent Tintin en triomphe dans les rues de Bruxelles.

Les lecteurs anglo-saxons connaissent le chien de Tintin sous le nom de *Snowy*: les traducteurs anglais d'Hergé le jugèrent à bon droit tout à fait approprié pour un fox-terrier blanc. Le nom que le dessinateur a choisi a toutefois une histoire bien plus originale. Il s'agit, en fait, du diminutif du prénom de sa première petite amie, Marie-Louise Van Cutsem, surnommée Milou par ses amis. Elle avait près de deux ans de plus que lui et il éprouvait pour elle une sorte de fascination romantique. Elle éclaira son adolescence. Il nourrissait l'espoir que leur amitié les conduirait à quelque chose de plus concret. Malheureusement, le père de la jeune fille, qui travaillait avec l'architecte Victor Horta, l'un des maîtres de l'art nouveau en Belgique, considéra qu'un tel projet, venant du fils d'un employé dans une entreprise de confection de vêtements pour jeunes garçons, constituerait une mésalliance pour sa fille. Il s'opposa fermement à ce qu'ils continuent à se voir. Blessé, Hergé n'en conserva pas moins un tendre sentiment pour Milou, et quand il s'est agi de donner un nom au compagnon fidèle de son nouveau héros, il ne vit pas meilleur choix que celui de son ancien amour.

Page de gauche: accueil triomphal de Tintin à la gare du Nord, Bruxelles, le 8 mai 1930. Photo extraite de la documentation d'Hergé.

Ci-dessous: Marie-Louise Van Cutsem, 1919. Elle aurait inspiré le nom de Milou. Photo extraite de la documentation d'Hergé.

Page de droite: case extraite de *Tintin au Congo*.

UN MÂLE UN PEU FANFARON

L'origine du nom de Milou pourrait laisser planer un doute sur son sexe. Se pourrait-il que ce terrier soit une femelle? Une analyse de son comportement au fil des aventures montre qu'il n'en est rien, qu'il s'agit bien d'un mâle. Un exemple parmi d'autres pour dissiper, s'il le faut, les derniers doutes sur sa masculinité: dans *Tintin et l'Alph-Art*, il fait connaissance avec le minuscule caniche noir de Bianca Castafiore: «Qu'est-ce que c'est que ça?» se demande-t-il avant de lui faire des avances. «Salut, beauté!» attaque-t-il d'un ton enjoué, sans autre résultat que de voir fuir en geignant la petite chienne suffoquée par tant de familiarité. Ses airs bravaches et sa vantardise tout au long des *Aventures*, alliés à sa peur viscérale de tout traitement médical, comme dans *Tintin au Congo*, sont également typiquement masculins. On se souviendra de cette scène magnifique, à la deuxième case de cette histoire, où il s'efforce d'épater l'assemblée de chiens de toutes races venus l'écouter: «Oui, je vais chasser le lion. Ces chasses n'ont d'ailleurs plus de secrets pour moi!» De toute façon, le français est sans équivoque en matière de sexe: nous savons dès le départ que Milou est un mâle puisqu'on en parle en disant «il».

Ci-contre: case extraite de *Tintin au pays des Soviets*.

Page de droite: photo de l'aérodrome berlinois de Tempelhof extraite de la documentation d'Hergé.

La toute première case de *Tintin au pays des Soviets*, publiée dans *Le Petit Vingtième* le 10 janvier 1929, explique que le journal «toujours désireux de satisfaire ses lecteurs et de les tenir au courant de ce qui se passe à l'étranger, vient d'envoyer en Russie soviétique, un de ses meilleurs reporters: Tintin, aidé de son sympathique cabot: Milou!» À la case suivante, le reporter, sur le point de monter dans le train, salué par le directeur du journal qui lui souhaite bon voyage, dit à son chien: «Allons, Milou! Fais tes adieux à tous ces messieurs.» Milou contribue à cette aventure menée tambour battant et pleine de rebondissements par ses commentaires assassins qui apportent la dose d'humour indispensable.

UNE VIE DE STAR...

Tintin atterrit à l'aérodrome de Tempelhof, près de Berlin. Il est confondu avec le glorieux vainqueur du raid pôle Sud-pôle Nord, accueilli en héros et porté en triomphe dans une foule compacte. Le champagne coule à flots. Milou découvre sur le sol

une bouteille presque vide et lui fait un sort: «Y a du bon!» remarque-t-il avant d'ajouter, alors que la tête lui tourne, «fameux, ce champagne». À la fin de la soirée, un groupe de fêtards raccompagne Tintin et Milou à leur hôtel. Le fox-terrier se sent moins vaillant: «Je ne me sens pas très bien! Je suis malade!» C'est sa première cuite. Le lendemain matin, on frappe bruyamment à la porte, Tintin titube jusqu'à l'entrée de la chambre, une bouteille d'eau de Vichy à la main et, à l'instar de son chien, une compresse froide sur le front. «Si on apporte du champagne, je les déchire en petits morceaux!» prévient Milou.

...AVEC UN PEU DE COQUETTERIE

Un bel exemple est donné à l'avant-dernière planche des *Soviets*, qui sortit en album en 1930. Le duo approche de sa destination. Tintin sort un peigne et un miroir et remet sa houppe en forme: «Maintenant, je vais me donner un coup de peigne: il faut être propre pour rentrer à Bruxelles.» «Tintin! Quelle coquetterie! Tu n'as pas honte?» s'indigne Milou avant de se saisir à son tour du peigne et de s'admirer dans le miroir. «Il croit sans doute être le seul à devoir se peigner. Ce Tintin est un égoïste: il voudrait que lui seulement soit beau pour rentrer dans notre bonne ville!» ajoute-t-il en se brossant vigoureusement les flancs.

Ci-dessous : extrait
de *L'Étoile mystérieuse*.

Page de droite : case extraite
de *Tintin au pays des Soviets*.

UN SACRÉ GOURMAND!

Les indications relatives au goût de Milou pour la nourriture, la boisson et la tranquillité ne manquent pas. On les retrouvera en filigrane dans tous les albums. Lorsque Tintin annonce que Berlin est en vue, Milou s'exclame: «Enfin! On va pouvoir boire, manger et dormir.» Il ne sera pas déçu. Les deux compagnons pénètrent dans la *Gasthaus Zum Löwen* (l'auberge du Lion), s'assoient à une table et commandent leur repas. Les portions sont gigantesques, il y a plein de saucisses et d'os pour Milou et une chope de bière de belle dimension pour le reporter. «Ah! Quelle joie de faire un bon dîner!» se réjouit le chien, affamé. «Ne mange pas trop», l'avertit Tintin.

Sa gourmandise – on devrait parler de gloutonnerie – est clairement illustrée dans le récit, *L'Étoile mystérieuse*, notamment quand il s'endort, repu, l'estomac distendu par le chapelet de saucisses qu'il a englouti. Neuf pages plus loin, Milou se retrouve en mauvaise posture face à une grande casserole de spaghettis. Le cuisinier est furieux et le menace des pires sévices s'il l'attrape. Haddock tente de le calmer: «Milou l'a trouvé bon, votre plat de spaghettis!» Puis le chef claque juste à temps au nez de Milou la porte qu'il a laissée ouverte.

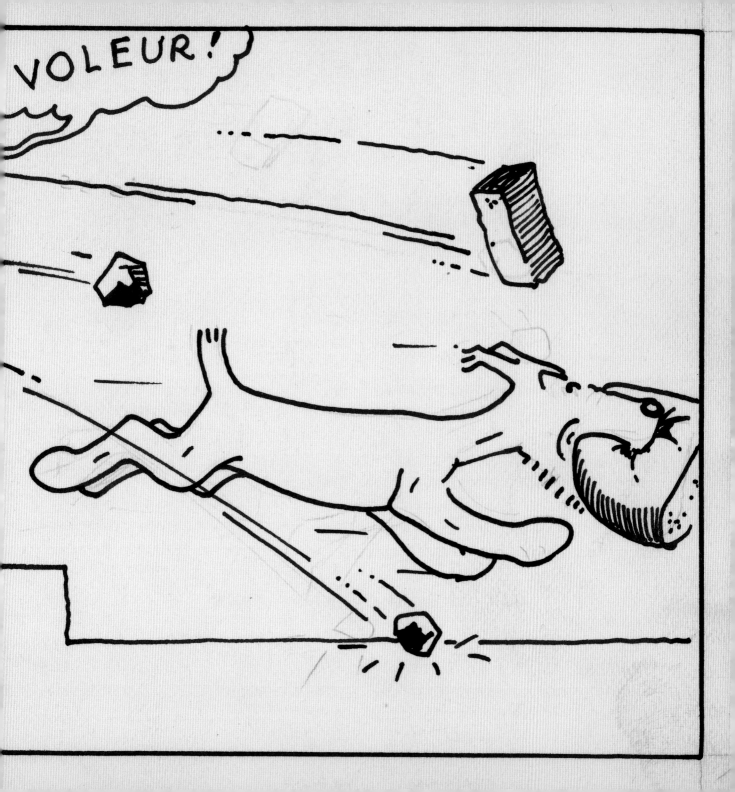

Le poulet est l'un des mets préférés de Milou. Il ne fait qu'une bouchée d'un animal entier, dans *Le Trésor de Rackham le Rouge*, laissant prudemment de côté les os les plus dangereux. Le poulet cuit qu'il sort de la neige glacée sur le lieu de l'accident d'avion dans *Tintin au Tibet* lui pose des difficultés insurmontables: il est complètement congelé.

Dans *L'Île Noire*, dans la voiture-restaurant des chemins de fer britanniques, Milou attrape au vol, comme un rugbyman confirmé, un poulet rôti pendant que Tintin poursuit le Dr Müller et son chauffeur Ivan.

Sur ces deux pages:
extraits de *Tintin au Tibet*.

MILOU - "POURVU QUE J'ARRIVE À TEMPS!"

le...v...hic... voilà !... Je...hic... de quoi
s'ag...hic...s'agit...hic...t-il ?...

Mais ce poulet est coriace et Milou préfère laper avec entrain le whisky qui s'échappe du wagon-citerne. «Ma parole, il est saoul!» s'indigne Tintin en voyant que son chien n'est plus capable de marcher droit. «Tu devrais avoir honte! Un vrai chien de rue ne se conduirait pas plus mal!»

Lorsque Tintin rencontre Haddock qui n'arrête pas de pleurnicher sur son sort comme une fillette, Milou se sert directement dans le verre du capitaine scellant en quelque sorte un pacte entre eux. Il sera désormais moins bavard, cédant au Capitaine le rôle de commentateur qu'il tenait jusque-là, mais conservant cette complicité avec lui.

tête de mort et des os croisés, il rêve aussitôt à un os délicieux. Espoir déçu. Il devient le véritable héros de ce récit quand, vers la fin, il ramasse le sceptre royal tombé de la poche de l'imperméable de Tintin. Il a une hésitation, pourtant, quand il aperçoit au milieu de la route un os appétissant. C'est un choix cornélien. Chien valeureux, il décide de rapporter le sceptre et sauve ainsi la monarchie. N'empêche, il y pense encore à cet os...

SAVOUREUSE TENTATION

Il n'y a rien qui plaise autant à Milou qu'un os de bonne qualité. On ne voit pas grand-chose qui puisse l'empêcher de satisfaire sa passion. Parmi ses trouvailles les plus inattendues, sans qu'on sache si elle est vraiment savoureuse, c'est sans conteste l'os de *diplodocus gigantibus* qu'il subtilise au musée d'Histoire naturelle de Klow dans *Le Sceptre d'Ottokar* qui emporte le morceau : « Tu sais, Tintin, ils ont des os magnifiques dans ce pays ! » Comme tout chien qui se respecte, il aime les os. Quelques cases plus tôt, passant près d'une cabine à haute tension frappée du symbole classique, une

Sur ces deux pages:
extraits du *Sceptre d'Ottokar.*

Hola, Milou !... Ton devoir !... Le message !...

Bah ! Bah ! Le message, il attendra ! Mais un os pareil, ça ne se rencontre pas tous les jours !

Le même dilemme se présente à lui dans *Tintin au Tibet*. Portant le message griffonné par Tintin, il trouve sur sa route un superbe spécimen : « Nom d'un homme ! Quel os magnifique ! C'est vraiment un modèle de luxe, ça ! » Sa conscience le tracasse : son ange et son démon argumentent. Oui, mais « un os pareil, ça ne se rencontre pas tous les jours ! » et le message disparaît emporté par le vent. Pour une fois, il a succombé à la tentation : après tout, ne serait-il pas un peu humain ? Mais il est fidèle et rétablira la situation. Quelques pages plus tôt,

Sur ces deux pages:

extraits de *Tintin au Tibet*.

Souvenir du Tibet !

devant des restes d'animaux dans la grotte du yéti, il s'était extasié: «Eh bien, ce yéti, il a un fameux garde-manger!» À la dernière page de cette histoire dédiée à l'amitié, celle qu'Hergé disait préférer, Tintin, Tchang et Haddock traversent l'immensité himalayenne. Milou suit à quelque distance, un os démesuré dans la gueule, récupéré sur le squelette d'un animal inconnu. «Souvenir du Tibet!» dit-il. Quel souvenir!

Milou et les os, c'est toute une histoire, dans toutes les histoires.

Sur cette page:

∧ extrait du *Lotus bleu*;

> case extraite de *L'Île Noire*;

∨ extrait de *Tintin au pays de l'or noir*.

Bien des années plus tôt, dans *Le Lotus bleu*, Milou trottine joyeusement sur le pont du navire un os dans la gueule. Dans *L'Île Noire*, il déterre un os de belle taille dont il refuse de se séparer jusqu'à ce que le formidable danois du Dr Müller le lui enlève. Il prend sa revanche dans *Le Sceptre d'Ottokar* en s'emparant de l'os que s'apprête à ronger un berger alsacien.

Dans *Le Crabe aux pinces d'or*, après que l'avion de Tintin et Haddock se soit écrasé en plein Sahara, il découvre un os assez appétissant dans les restes d'un dromadaire: «Vous voyez? Il y en a pour tout le monde», décrète-t-il, grand seigneur. À la dernière planche, le facteur apporte un paquet volumineux. Un colis piégé? Une fois la boîte ouverte, un os somptueux entouré d'une faveur rose apparaît, accompagné d'un bref message: «À Milou, de la part d'un admirateur.» L'énigmatique Oriental du début de l'histoire récompense l'irréductible fouilleur de poubelles qui a permis de déjouer les plans des trafiquants!

Chic! quel bel os!...

WOUHOUHOUWOU-HOU-
OUWOOUHOU-WOU-WOU

Ci-dessus :
∧ extrait du *Sceptre d'Ottokar* ;
∧ case extraite de *L'Étoile mystérieuse*.

Cependant, son appétit a des limites : voyant Tintin partir sans lui, pour la première fois, à la recherche de la météorite, Milou se sent tellement perdu que les efforts conjugués de Haddock et de l'équipage pour le consoler avec de pleines assiettées de nourriture et d'os appétissants resteront vains. Il hurlera sans trêve jusqu'au retour de son maître. C'est la seule fois dans les *Aventures* qu'il refuse de s'alimenter.

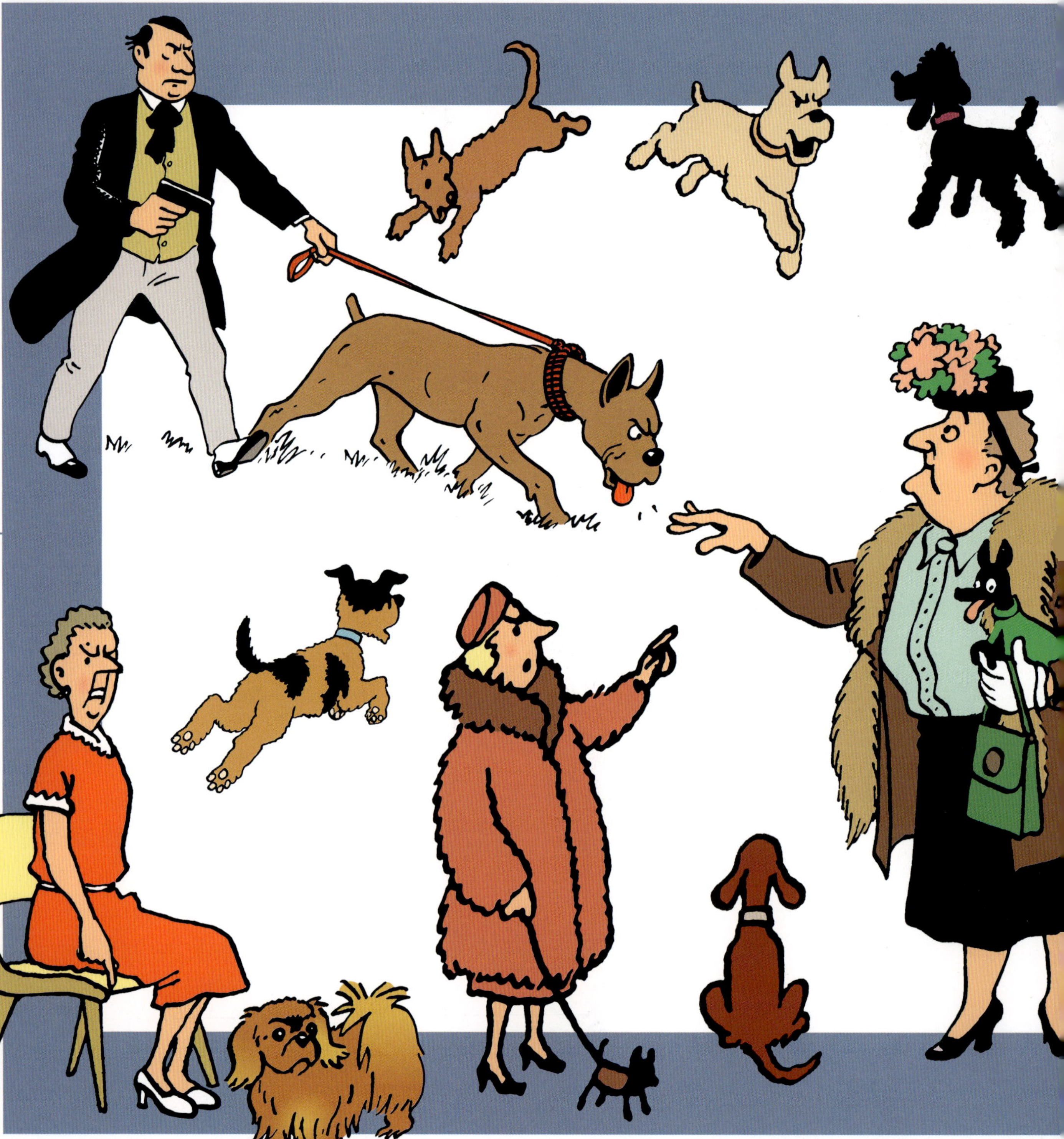

Hergé n'a pas manqué d'être un exceptionnel observateur des chiens, tant le pékinois de *Tintin au Tibet* que le dogue allemand du *Secret de la Licorne*. De plus, chaque chien semble s'assortir au personnage qu'il accompagne. Ainsi, le berger allemand du *Sceptre d'Ottokar* est une bête d'attaque à l'image de ses maîtres.

MILOU - "POURVU QUE J'ARRIVE À TEMPS!"

Dans *Tintin en Amérique*, Milou permet à Tintin d'échapper aux escrocs en mordant vigoureusement le mollet d'un faux policier.

MILOU N'A PEUR DE RIEN... SAUF DES ARAIGNÉES

Dès les premières aventures, Milou fait preuve d'un courage hors du commun. C'est un caractère héroïque. Il le prouve chaque fois que son maître est en danger, en vrai fox-terrier de bonne race. Il est combatif et hargneux, il ne craint ni les plus grands, ni les plus forts. Les lions, les léopards, les chèvres, les gorilles, les malfaiteurs en tout genre n'ont qu'à bien se tenir. Tintin peut compter sur sa loyauté. Et s'il surprend par des initiatives inattendues, c'est toujours pour venir à son secours. Qu'il neutralise des explosifs ou qu'il libère le reporter de ses liens, c'est un bon fox-terrier, loyal, courageux et intelligent.

Il est doté d'un instinct très sûr, ainsi il perçoit avant son maître les intentions malfaisantes de leurs ennemis. Il est alors, plus que jamais, obstiné et tenace.

Milou n'a peur de rien, sauf des araignées, ou des perroquets, aussi volubiles que lui!

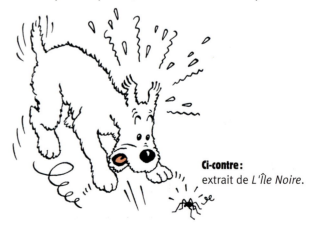

Ci-contre: extrait de *L'Île Noire*.

Dans *L'Île Noire*, Milou terrorise le gorille Ranko, puis il ranime Tintin en le léchant vigoureusement.

Dans *Le Crabe aux pinces d'or*, Milou se jette sur Omar Ben Salaad et le mord d'une canine vengeresse.

Dans *Le Secret de la Licorne*, il saute par la fenêtre de l'appartement de Tintin – au premier étage ! – et suit sa trace.

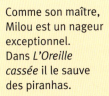

Comme son maître, Milou est un nageur exceptionnel. Dans *L'Oreille cassée* il le sauve des piranhas.

Quand dans le dernier album, *Tintin et l'Alph-Art*, le reporter doit faire face à la terrible perspective d'être coulé en une «statue humaine», il semble que seul Milou puisse aller chercher de l'aide et le sauver. Mais n'est-il pas trop tard, cette fois?

MILOU... UN PEU HUMAIN

Milou est probablement le seul chien aventurier qui pense. Comme ses pensées s'expriment dans des bulles, on croit qu'il parle sans cesse. Il commente ainsi les exploits de Tintin, parfois avec ironie, et lui recommande la prudence, froussard qu'il est!

Cet incroyable chien comprend le langage humain, est apte à faire d'implacables déductions et s'intéresse même à la mécanique dans *Tintin au pays des Soviets*, ou à la géographie dans *Les Cigares du Pharaon*.

Par contre, seul Tintin le comprend et dialogue avec lui. Mais Milou se fera plus discret à l'arrivée du bavard et tonitruant capitaine Haddock dans *Le Crabe aux pinces d'or*.

Heureusement, il est aussi un vrai chien qui flaire, piste, mord... et aboie!

Le plus vexant, c'est de se trouver du pays de l'automobile et de devoir faire 10 milles à pied!...

Page de gauche:

<< case extraite de *L'Oreille cassée*;

< extrait de *Tintin en Amérique*;

˅ case extraite des *Cigares du Pharaon*;

˅ case extraite de *Tintin en Amérique*.

Ci-contre: extrait de *Tintin en Amérique*.

Ci-dessous: case extraite de *Superstition*, «Quick et Flupke», 1932.

Page de droite:

> Hergé chez lui en 1974;

>> étude d'observation d'un chat siamois, aquarelle d'Hergé 1939;

v extrait des *7 Boules de cristal*.

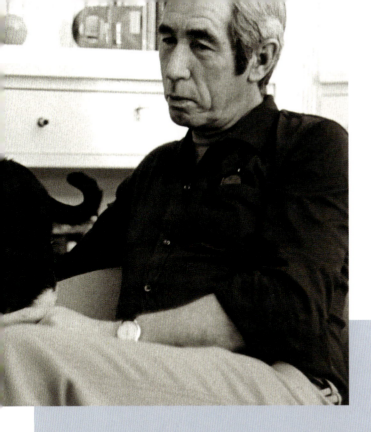

Hergé, qui n'eut jamais qu'un chien, aimait beaucoup les chats, surtout les siamois. Il en eut plusieurs qu'il dessina et photographia avec passion. De là la présence à Moulinsart du siamois perpétuellement harcelé par Milou. Et quand on demanda au dessinateur sous quelle forme il aimerait être réincarné, il répondit «en chat siamois, par exemple! Mais dans une famille où on aime les chats.» Il compara un jour son siamois à un «magnifique vase chinois».

HADDOCK, LE RIVAL TONITRUANT

L'arrivée du capitaine dans l'univers de Tintin, complétant le cercle étroit de ses soutiens fidèles, va retirer à Milou son « premier second rôle » de faire-valoir de Tintin. À partir de ce moment, le fox-terrier est éclipsé par ce marin éruptif, par son incomparable répertoire de jurons et d'injures et par son penchant pour l'alcool, qu'ils partagent. Pendant plus de dix ans, Milou a été la seule vedette aux côtés de Tintin. Le moment était venu que Haddock prenne le relais. Le chien n'aura plus guère d'échanges verbaux avec son maître et ses commentaires se feront plus rares. Désormais, il ne sera plus que sporadiquement au premier plan. Cet effacement tout relatif de Milou profitera aux histoires qui vont s'enrichir de la personnalité de Haddock, expression d'une partie de celle d'Hergé.

Avec le temps, Milou a pris goût au confort et l'installation au château de Moulinsart, avec ses vastes pièces, son grand parc et la campagne alentour, lui convient parfaitement, même au prix d'affrontements réguliers et de défaites cuisantes dans ses relations avec le maître des lieux, un siamois impérieux. Entre leurs passes d'armes, le chien et le chat entretiennent des rapports de bon voisinage. Témoin la dernière case de *L'Affaire Tournesol*, où l'on perçoit une forme de complicité entre eux.

Un récent sondage en France place Milou en troisième position après Haddock et Tintin dans le classement des personnages les plus populaires des *Aventures de Tintin*.

Quel chien ! ■

MILOU - "POURVU QUE J'ARRIVE À TEMPS!"

L'auteur et l'éditeur ont fait les meilleurs efforts pour retrouver tous les titulaires des droits
des illustrations reproduites dans cet ouvrage. Si certains n'avaient pas été contactés,
qu'ils veuillent bien se faire connaître auprès des Éditions Moulinsart, 162 avenue Louise, B-1050 Bruxelles.